KB191042

낭만 있는 삶을 살 수 있도록
응원해 주시는 부모님께
감사의 마음을 전합니다.

내가 지금, 여기
(moi en ce moment, ici)

파리, 뉴욕 그리고 런던

변지혜

내가 지금, 여기

(moi en ce moment, ici)

파리_낭만적으로 살아갈 수 있다는 희망
뉴욕_어떤 모습이어도 상관없다는 위로
런던_평온하고 느긋하게 살아도 된다는 자유

Prologue

어렸을 적, 충주라는 작은 도시에 태어나 학창 시절을 보내면서 내 마음속엔 항상 '이 도시를 빨리 떠나야지'라는 마음으로 가득한 10대를 살아냈다.

작은 도시에서 벗어나고 싶은 충동이 생길 때면 용돈을 모아 주말만을 기다려 서울로 향하는 버스에 몸을 실었다. 10대 때 내가 할 수 있는 건 고작 서울에 가서 사람 구경을 하는 것이었지만 책 속에서는 언제든 세계를 여행할 수 있었다.

서점에서 우연히 집어 든 프랑스 파리 배경의 여자 기자님 에세이를 시작으로 나에게는 죽기 전에 꼭 가보고 싶은 로망의 도시 세 곳이 생겼다.

파리, 뉴욕 그리고 런던.

책 속에서 만났던 이 도시들을 상상하며 막연하게 언제가 꼭 이 도시들을 가볼 거야! 하며 다짐했었다.

20대 중반, 결혼하고 싶었던 남자에게 이별을 통보받고 상실감에 혼자 떠났던 첫 로망의 도시 파리. 그곳에서 지금까지 살아왔던 내 세상이 변하는 큰 경험을 했고 파리에서 존재할 때 나는 반짝임으로 가득한 사람이었다.

그렇게 파리를 시작으로 로망의 도시였던 곳들을 여행하며 내 존재와 삶에 대한 의미를 찾는 과정들을 겪었다. 내 스스로에게 주는 선물 같은 시간을 만들어 갔고 그렇게 파리와 뉴욕, 런던은 나다운 삶의 여정을 시작하는 친구가 되어 주었다.

그런 귀중한 시간이 쌓여 나는 지금 직장인이면서 자유로운 영혼으로 자유로운 생각을 하는 사람이 되었고, 나만의 방식대로 삶을 영위해 나가는 인간으로 조금씩 성장했다.

시간은 흐르고 모든 것은 언제나 변하기 마련
이며 오늘 나의 젊은 날도 흘러갈 테지만 내가
머물렀던 곳들의 순간들을 잘 기억하고 기록
하고 싶다.

여행하며 지금 내가, 여기에 머무르고 느꼈던
평온함과 아름다움, 행복함, 충만함을 잊지 않
고 조금 더 성숙한 인간으로 내 삶을 살아가려
고 한다.

2025년 봄, 변지혜

Contents

두 번째, 뉴욕 New York
어떤 모습이어도 상관없다는 위로

세 번째, 런던 London

평온하고 느긋하게 살아도 된다는 자유

파리, Paris

_____

낭만적으로 살아갈 수 있다는 희망

봉쥬르, 파리 ─────────

파리에 대한 동경은 고등학생 때부터였다.
『사랑해, 파리』라는 책을 읽고 나서부터 파리
에 대한 환상이 시작되었다. 작가가 파리와 사
랑에 빠져있는데 독자가 어찌 파리를 사랑하
지 않을 수 있을까? 나는 작가의 시선 그대로
파리를 바라보았던 것 같다.

아직도 기억나는 내용은 작가는 삶에서 지치
거나 힘들었을 때 시간이 조금이라도 나면
(작가님도 직장인이었다) 파리로 향했다고 했다.
그 마음이 지금의 내 마음과 다르지 않아 거의

20년이 지난 지금 문득, 그 작가님은 지금도 같은 마음일까? 궁금해지기도 한다. 그런 마음이었기에 파리행 표를 끊고 가장 처음 한 것은 숙소 예약이 아닌 불어 과외를 받는 것이었다.

언어를 습득하는 것에 그다지 재능이 없었지만, 파리에서의 첫인사, 첫 주문은 꼭 불어로 하고 싶었다. 운 좋게도 너무 좋은 과외 선생님을 만나 여행 목적으로 시작했던 과외는 여행이 끝나고도 1년이 넘게 이어졌다.(더하고 싶었지만, 과외선생님이 프랑스로 대학원을 가는 바람에 중단되었다. 역시 선생님이 좋아서 지속할 수 있었던 게 맞았다.)

그렇게 나의 첫 혼자 여행의 목적지는 파리였고, 설렘으로 가득 찬 14시간의 비행이었다. 그때는 지금처럼 유튜브가 활성화되어 있지 않았던 시절이라 책 한 권과 네이버 블로그에 의지해 어찌저찌 예약해 두었던 호텔에 늦은 밤 도착했다.

샤를드골 공항에서 버스를 타고 오페라 역에

내려 호텔을 찾아가는 동안 '내가 파리에 왔다니!'의 설레는 마음보다는 '호텔까지 언제 가지?'의 지친 마음과 무거운 캐리어를 이끌고 호텔을 찾아가기에 바빴다.

정신없이 체크인 후 씻고 몽롱한 정신으로 침대에 누우니 창문밖엔 상상 속으로만 그려봤던 파리의 모습이 눈앞에 펼쳐져 있었다. 유럽풍의 건물들과 반대편 창문에는 주방에서 요리하고 있는 여성의 실루엣이 비췄고 창틀에 앉아 졸고 있는 고양이 한 마리가 보였다.

그제야 '아, 나 파리에 왔구나' 실감하며 스르르 잠이 들었다. 그렇게 나의 첫 파리에서의 여행이 시작되었고 지금까지 다섯 번 파리와 마주했다.

백번쯤 가면 설렘과 반가움의 마음이 들지 않을까? 그건 백번쯤 가서 생각해 보기로 하고 여전히 난 파리가 설레고 반갑다.

봉쥬르, 파리!

에펠탑 ———————————————

파리하면 가장 먼저 떠오르는 건 여전히 에펠
탑이다. 아침, 낮, 밤 상관없이 에펠탑은 탄성
이 절로 나오는 건축물임이 틀림없다.

첫 파리에서는 에펠탑 안에 있는 레스토랑을
예약해 파리 시내를 내다보며 코스요리를 즐
겼다. 그 이후의 파리에서는 굳이 에펠탑에 올
라가지는 않았지만 (에펠탑에 머무는 것보다
그것을 바라보는 것이 더 좋았으니까) 여전히
제일 많이 바라보고 감동을 느끼는 건 에펠이
었다.

파리에서 에펠탑을 가는 방법은 여러 가지이
지만 내가 제일 좋아하는 건 Trocadero(트로
카데로)역에서 가는 방법이다. 출구로 나와
30초 정도 걷다가 고개를 왼쪽으로 돌리면 거
대한 에펠탑이 눈앞에 뿅 하고 나타난다. 뿅
하고 나타난 에펠탑을 보는 순간 직감한다.
'아, 파리와 사랑에 빠지겠구나' 하고.

해가 지면 정각마다 붉은빛으로 반짝이고 새
벽 1시가 되면 화이트 에펠로 변하는 이 매력
적인 파리의 상징인 에펠탑은 바라보는 것만
으로도 벅찬 감동이다.

그날도 어김없이 트로카데로 역에서 광장을
지나 에펠탑으로 향하고 있었다. 센강 앞에서
거대하게 보이는 에펠탑을 바라보며 이야기
를 나누는 학생들이 보였다. 그녀들도 여행을
온 것 같았고 에펠탑을 바라보며 신나게 이야
기를 나누고 사진을 찍고 있었다. 서로를 찍어
주며 뭐가 그렇게 즐거운지 까르르 까르르. 밝
게 웃는 모습을 보니 그 둘이 함께 서 있는 사
진을 찍어주고 싶어 그녀들에게 다가가 말을

걸었다. "내가 사진 찍어줄까?" 동양인 여자가 다가와 뜬금없이 사진을 찍어주겠다고 하니 둘은 급하게 눈으로 대화를 나눈다. 다행히 나의 진심이 전해졌는지 허락하며 나에게 휴대전화를 건네주었다.

카메라 속 그녀들이 너무 아름답고 예뻐서 나까지 미소 짓게 했는데 '나 참 오지랖이다' 싶으면서도 그녀들이 지금 이 따뜻한 순간을 잊지 않았으면 하는 조금은 어색한 어른의 마음을 느꼈던 것 같다. 그렇게 한참을 함께 에펠탑을 바라보다 서로의 길을 갔다.

에펠탑 가까이로 걸어가며 문득 이런 생각이 들었다. 저 때의 내가 친구와 파리에서 에펠탑을 함께 바라볼 수 있었다면 어떤 대화를 나누고 있었을까?
그때의 내가 세상엔 이런 로맨틱하고 사랑스러운 곳도 있다는 걸 알았다면 지금의 나와 조금은 다른 인생을 살았을까?

파리 한 달 살기를 할 때는 눈뜨면 에펠탑을

보러 갔던 것 같다. 어느 날은 커피 한 잔을 사들고, 어느 날은 피크닉 매트를 들고, 또 어떤 날은 숙소에 들어가기 전에, 그리고 한국으로 떠나기 전날 마지막 밤을 보내러.

나의 많은 시간을 에펠탑 앞에서 보냈다.
그때마다 '너는 어쩌자고 나에게 이런 감정을 느끼게 하니?' 싶어, 또 한 번 파리와 사랑에 빠진다.

에펠탑 앞에는 사랑하는 연인, 가족, 친구 또는 나처럼 홀로 시간을 보내는 사람들로 가득했다. 그 사람들 사이에 피크닉 매트를 깔고 누워 푸르른 하늘을 바라보는데 '이렇게 행복해도 되나?' 싶어서 눈물이 났다.

죽기 전에 한번 와볼 수 있을까? 싶었던 파리와 사랑에 빠지고, 보고 싶을 때 언제든 올 수 있는 곳이 되었다는 사실 때문일까?
이 벅차고 감동적인 마음을 담아 에펠탑에 말을 건넨다. 보고 싶을 때면 언제든 달려올 테니 언제나 여기에 이대로 있어 달라고.

내가 파리와 사랑에 빠질 수 있도록 도와주었던 불어 과외선생님(이하 쌤)과 파리에서의 만남도 에펠탑 앞에서 이루어졌다. 과외는 종료되었지만, 소중한 인간관계는 이어졌기에 나는 파리 여행 중이었고 대학원 졸업식을 위해 잠시 파리에 머물렀던 쌤과 와인 약속을 잡을 수 있었다.

우리가 드디어 파리에서 만나다니! 신나는 마음으로 에펠탑 앞에서 만나기로 했다. 근처에서 혼자 놀다가 트로카데로 광장에 도착했다는 쌤의 메시지를 받고 주변을 둘러보는데 저 멀리서도 귀여운 쌤이 눈에 띄었다(쌤이 좀 귀염 상이다). 만나자마자 너무 신나는 날 보니 '혼자서 좀 외로웠구나?' 싶었다.

오랜만에 만난 우리였기에 수다도 떨고 사진도 찍으면서 나의 파리 여행 이야기를 나누다가 근처 와인을 마실 수 있는 곳으로 향했다.

불어로 주문하는 쌤을 반짝이는 눈으로 바라보니 머쓱해하는 쌤이었다. 주문한 레드와인과 치즈가 나왔고 금요일 밤이었던 그날은 일주일을 마무리하는 파리 사람들로 가득했다.
그렇게 우리도 그들과 함께 그곳에 섞여 로맨틱 가득한 파리에서의 금요일 밤을 보내고 있었다.

센느강 ————————————

센느강엔 언제나 사람들이 삼삼오오 모여 앉아 자신들만의 시간을 보낸다.
어떤 이야기를 나누고 있는 걸까.

매일매일 센느강을 걸었다. 목적지가 따로 없이 물길을 따라 계속 걷다 보면 파리 사람들이 얼마나 센느강을 좋아하는지 알 수 있다. 센느강을 둘러싸고 있는 사람들과 건축물들이 '여기가 낭만의 도시 파리란다' 하고 말해주는 것 같다.

파리만의 냄새가 있다.

향긋하다고는 말할 수 없지만 낭만적인 냄새
는 분명하다. 내리쬐는 햇빛, 반짝이는 센느강,
호기심 가득한 얼굴로 유람선을 타는 관광객
들, 자유로운 표정으로 이야기를 나누는 저기
저 사람들까지. 가던 길을 멈춰 대화를 나누는
사람들의 뒷모습을 한참 바라본다. 그리고 센
느강 주위를 카메라에 담는다.

지금, 이 냄새, 느낌, 생각들이 분명 이 사진을
보면 잠시나마 다시 느낄 수 있을 테니까.

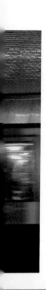

공원 ——————————————

파리에 가면 낮의 대부분을 공원에 들러 낮잠
을 자거나 책을 읽거나 사람들을 구경한다.

파리는 어디든 관광객과 파리에 사는 사람들
이 함께 공존해 있는 모습이어서 좋다.
특히, 파리의 공원은 남녀노소 할 것 없이 벤
치에 앉아 책을 읽는 사람들의 모습을 쉽게 볼
수 있어 내가 제일 좋아하는 장소다.

나는 책을 읽는, 활자를 읽는 행위를 좋아한다.

책 속에서 무엇을 배울 때도 있고 그렇지 않을 때도 있지만 그 행위로 인해 내 상상력이 더 향상되는 것은 분명해 보여서인 것 같다.

책을 읽으며 무언가를 상상하고 깨닫고 배우고 위로받고 응원받으며 스스로 생각하는 힘을 갖게 되었다. 그래서 나는 햇살이 가득한 자유로운 공간에서 벤치에 앉아 혹은 드러누워 자연 소리를 들으며 책을 읽는 것이 참 좋다.

내가 좋아하는 것들이 생활에 녹아있는 파리 사람들의 모습을 마주할 때면 내가 그토록 파리를 좋아하는 이유가 더 명백해진다. 그렇게 공원을 산책하며 마주치는 다양한 사람들을 보면서 저 사람은 어떤 책을 읽을까? 무슨 생각을 하고 있을까? 어떤 주제의 이야기를 나누고 있을까? 하고 궁금증이 많아진다.

평소 타인에 관심이 별로 없는 나는 여행만 오면 다른 사람들이 참 많이 궁금해진다.
특히, 이렇게 내 관심을 이끄는 요소로 가득한 파리의 공원에서는 더더욱 말이다.

몽마르뜨 —————————————

오랜만에 몽마르뜨(몽마르트르)에서 지난번
여행 때 들렀던 크레페 가게로 가 쇼콜라 크레
페를 먹고 내 맘에 쏙 드는 그림을 그리는 화가
를 찾으면 초상화를 부탁해야지! 하는 마음으
로 몽마르뜨로 향했다.

몽마르뜨 근처 지하철역 입구에 도착하니 몇
십 명의 사람들이 계단 아래에서 위를 올려다
보며 우왕좌왕하고 있었다. 장대비가 세차게
내리고 있었고 주변 사람들은 나와 같이 우산
이 없어 보였다.

지하철을 타기 전만 해도 분명 아주 쨍쨍한 하늘이었는데 이게 무슨 일이람. 다시 돌아가야 하나 발을 동동 구르며 고민하다 근처에 있는 카페 하나를 발견했고 비를 맞고 카페로 뛰어들어가 맥주를 하나 주문했다.

1분 전까지만 해도 세차게 내리는 이 비가 원망스럽더니 카페테라스에 앉아 여유 있게 내리고 있는 빗방울을 바라보니 이렇게 낭만적일 수가 없었다. 사람 마음이라는 게 1분도 안 되는 시간에 이렇게까지 바뀔 수 있구나 싶어 피식 웃음이 나왔다. 주문한 맥주까지 나오니 '그래, 이게 여행이지. 예상했던 대로 흘러가지 않아 갑작스러운 일을 맞닥뜨렸을 때! 그때 느낄 수 있는 이 기분을 느껴야 이게 여행이지' 싶어 기분 좋게 맥주를 원샷했다.

하나 더 마실지 고민하던 찰나, 마치 나에게 이런 기분을 선사하려고 잠깐 내린 것이라고 이야기하는 것처럼 비는 서서히 그쳐갔다.

한 잔 더 마시려던 것은 포기하고 테이블 위에

6유로를 올려두고 카페를 나왔다. 맥주 덕에 알딸딸한 최상의 기분으로 몽마르뜨 언덕을 올라갈 수 있었다.

예상할 수 없는 순간들과 마주하며 해야 하는 선택들이 나에게 작거나 큰 무언가를 가져다준다. 그래서 인생은 선택의 연속이라고 하며 그 작고 소소했던 선택들이 쌓여 지금의 내가 있는 거라고 생각했다.

에스프레소 ────────────

파리에 머무는 동안 아침이면 산책을 하고
호텔 근처 카페테라스에 앉아 에스프레소를
한잔 마셨다.

카페 직원은 불어로 에스프레소를 주문하는
나를 의아하게 바라보며 에스프레소를 시키
는 게 맞는지 재차 확인했다. 유일하게 자신
있게 할 수 있는 불어로 주문했는데 직원은 나
에게 영어로 되묻는다.
주눅 들지 않고 다시 불어로 대답한다.
'Oui, Un café:)' (응, 에스프레소)

동양인들이 에스프레소를 즐겨 마시지 않는
다는 사실을 아는 게 틀림없었다. 하지만, 파
리의 에스프레소는 한국에서 먹었던 에스프
레소와는 달랐다.

처음 파리에 왔을 때 에스프레소를 마시고 그
충격을 잊을 수가 없다. 쓴맛이라고는 전혀 찾
을 수 없고 아주 고소하고 풍미 가득해서 황홀
하기까지 했으니 말이다.

그 이후부터 파리에 오면 아침엔 무조건 동네
카페를 찾아가 에스프레소를 한잔하는 여행
의 루틴이 자리 잡았다. 여행을 가면 아침마다
같은 카페, 같은 자리에 앉아 사람들을 구경하
거나 책을 읽는다.

출근하는 사람, 엄마 손을 잡고 유치원에 가는
아이, 등교하는 학생, 데이트를 나온 연인들
을 바라보며 특별할 거 없는 일상을 보내는 프
랑스 사람들의 삶 속에 함께 녹아들고 싶었다.
참 꿈 같은 순간을 꿈꾸었던 꿈 같았던 여행이
었다.

바게트 ————————————————

파리에 밤늦게 도착해 잠을 설치고 맞이하는
첫날 아침 더 이상 잠이 오지 않아 동네를 산책
할 겸 밖을 나섰다.

아직 해가 완벽하게 뜨지 않아 안개가 살짝 깔
린 어스름한 날씨였다. 너무 이른 시간이라 가
게들의 문은 모두 닫혀있었고 간판들을 띄엄
띄엄 읽어가며 걷고 있는데 어디선가 고소한
냄새가 코끝을 자극했다.

이건 분명 빵집 냄새인데?

냄새를 따라 빨라진 발걸음 끝에 도착한 곳은 빨간 간판에 <Boulangerie> 라고 쓰여 있는 빵집이었다.

산책하다가 카페가 있으면 커피를 한잔할 생각으로 10유로를 들고 나온 나를 칭찬하며 홀린 듯 빵집에 들어섰다. 빵 냄새가 밖으로 퍼져 나가라고 문을 열어둔 것인지 문이 열려 있었고 가게에 들어서자마자 영화 속에서나 볼 법한 프랑스 여자 직원이 밝고 상냥한 목소리로 "Bonjour (봉쥬-)" 하며 인사를 해주었다.

2개월 단기 속성으로 배워간 불어 실력을 발휘할 때가 온 것이다. 긴장한 티를 내지 않으려고 밝게 웃으며 "Bonjour:)" 인사하며 계산대로 향했고 달달 외워뒀던 불어로,
  "Je voudrai une demi bagette, s'il vous plaît" (바게트 반 개 주세요)
하고 내뱉었다. 혹여나 발음이 어색해서 못 알아들으면 어떻게 하지? 싶은 불안한 마음을 감추고 웃고 있으니 "Oui, C'est tout?" (응, 전부니?/다른 건?) 이라는 답이 왔다.

"C'est tout!"(응, 전부야!)라고 대답 후 주머니에 고이 들고 왔던 10유로를 내고 잔돈과 반으로 잘린 바게트를 들고 숙소로 돌아왔다.

그 사이 아침은 밝았고 내가 불어로 바게트를 사다니! 뿌듯한 마음으로 파리에서의 첫 바게트를 맞이했다. 숙소에 돌아와 한입 뜯어 먹은 바게트의 맛은 지금까지 내가 한국에서 먹었던 바게트는 진짜 바게트가 아니구나 싶어 배신감이 느껴졌다.

그 고소함과 쫄깃함에 반하지 않을 수 없었다. 다섯 번의 파리를 여행하면서 항상 바게트를 사 먹었는데 처음 먹었던 바게트를 이길 빵집은 없었다.

돌이켜보면, 갓 만들어진 바게트여서 더 맛있었겠고 첫 파리에서 첫 바게트여서 더 맛있었겠고 불어로 처음 주문한 뿌듯함까지 더해서 의미 있던 건 아닐까?
이렇게 의미를 부여하면 그게 무엇이 되었든 더 가치 있는 것으로 기억되는 마법이 생겨난다.

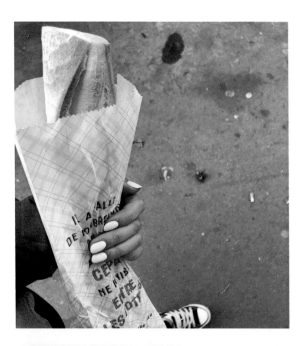

에스카르고 그리고 와인 ─────

파리 여행을 하면서 난생처음 에스카르고(달팽이)를 먹게 되었다. 달팽이라고 하면 뭔가 좀 징그럽고 이상할 것 같지만 나에겐 소라와 비슷한 느낌이었다.

에스카르고와 와인을 처음 먹었을 때가 기억난다. 미리 에스카르고 까는 방법도 배워갔고 설레는 마음으로 첫입을 먹는 순간 내가 이걸 자주 먹게 될 거란 걸 직감했다.
안주로 딱 맞았으니까!

이후로 파리에선 언제나 술과 에스카르고가 함께였다.

한국에서는 소맥을 즐겨 먹던 폭탄주 파(?)였던 내가 파리와 사랑에 빠진 뒤엔 와인과 사랑에 빠졌다. 여행을 하면서 마셨던 프랑스 와인들이 나에게 와인에 눈을 뜨게 해준 것이다. Merci, Paris! (고마워, 파리!) 아마도 파리에서 마시는 와인이었기에 더 맛있게 느껴졌으리라.

하우스 와인, 글라스 와인도 퀄리티가 매우 높으니 혼자 여행할 때는 항상 글라스 와인을 시켜 나만의 시간을 만끽했다.

테라스에 앉아 에스카르고와 와인, 맥주, 칵테일을 마시며 생각한다. 인생은 언제나 낭만적일 수 있다고. 그 낭만을 만드는 건 바로 나라고. 누가 알았겠느냐고. 내가 이렇게 자유롭게 파리에 날아와 에스카르고와 와인을 좋아하게 되고 즐기게 될 줄!

한 치 앞도 모르는 인생이지만 내가 어떤 걸 좋아하고 어떤 걸 누리며 소중한 가치를 만들지 정도는 내가 정할 수 있다고.

에스카르고와 와인으로 인생을 논하게 될 줄이야!

낭만 ─────────

파리 한 달 살기를 하면서, 세계에서 가장 아름다운 스타벅스라는 파리 1호점 오페라 가르니에 점에 제일 자주 갔다.

노트북을 들고 빈자리를 찾아 두리번거리다 누군가 일어나려는 기척이 느껴지면 근처를 서성이다 얼른 자리에 앉았다.

역대 최고의 더위를 기록했던 한 여름의 파리였기에 아이스 아메리카노를 받아 들고 자리에 앉아 한 모금 쭉- 들이키고 고개를 들어보니 동화 속에 들어와 있는 건 아닐까 하는 착각이 드는 모습이 내 눈앞을 사로잡는다. 더워서 정신이 몽롱했던 탓도 있었겠지만, 조명, 언어, 사람, 인테리어 모든 것들이 이건 혹시 꿈이 아닐까? 하는 착각에 빠뜨린다.

아무도 날 모르는 곳에 섞여 좋아하는 커피를 마시고 책을 읽고 무언가를 기록한다. 이 공간에 있는 사람들도 무언가에 집중해 있는 모습을 보며 지금, 이 순간 내가 이 공간에서 느끼는 이 느낌이 너무 황홀했다.

이런 순간들을 느끼고 누리며 살아가는 것이 내가 살아가는 삶의 이유가 아닐까. 생각했다. 내가 나의 삶을 살아내는 힘은 이런 소소하지만, 사치스러운 낭만이 있기 때문 아닐까?

파리는 현실에 치이고 성공에 눈이 멀어 놓치고 있던 소중한 삶의 의미와 낭만을 느끼게 해준 아주 감사한 도시다.

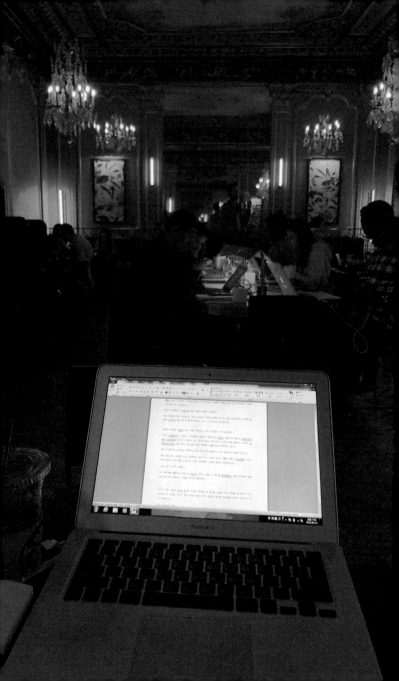

우아함 ──────────────────────────

저녁을 먹으러 가기 위해 지하철을 탔다.
관광객인 나는 퇴근 시간을 차마 고려하지 못
하고 지옥철에 탑승해 퇴근하는 사람들 틈에
끼어 숨 막히는 시간을 견디고 있었다.

사람들이 조금씩 내리고 숨이 조금 트일 때쯤
자리에 앉아 책을 보고 있는 여자가 보였다.
퇴근한 직장인이었는지 조금은 지친 얼굴의
모습이었지만 책을 보며 집중하고 있는 그녀
의 모습이 너무 멋있었다. 옷이나 액세서리 모
두 화려하게 치장한 것도 없었는데 그녀에게

서 빛이 났다. 내가 지독히도 가지고 싶어 하는
우아함이 느껴져서였을까.

그녀를 보며 우아함은 외부적인 것에서 오지
않는다는 사실을 다시 한번 실감했다.
화려함과 우아함은 다르다. 화려함은 꾸밀 수
있지만 우아함은 꾸밀 수 없다. 한순간에 꾸며
지는 것이 아닌 서서히 스며들어 발현되는 그
무엇인가가 프랑스 여자들에게 있었다.

여행의 순간들에서 만난 모든 프랑스 여자가
그렇진 않았지만, 나의 눈길을 끌었던 대부분
의 사람에게서 우아함을 느꼈다. 그들의 얼굴,
표정, 패션, 행동, 말투까지 명품 하나 걸치지
않았는데도 사람 자체가 명품처럼 느껴졌다.

'아, 나도 저렇게 나이 들어가고 싶다'

나다움 ─────────────────

한 달 치의 짐을 간신히 들고 지하철을 오르락 내리락. 일단 첫 숙소로 예약해 둔 동양인이 별로 없다던 동네에 도착해 지하철역 밖으로 나오니 이제야 실감이 난다.

'아, 파리 냄새'

대학원을 졸업하고 하고 싶던 일이 있었다.
그때는 왜 그렇게 의미를 찾아 헤맸던지.
의미 있는 삶을 살고 싶은 건 지금도 여전하지만, 그때는 모든 것에 의미를 부여하며 마치 의

미 있는 삶만이 중요한 인생인 것처럼 떠들어
댔다.

20대에 사내 강사로 시작해 외부 강의까지 돈
을 꽤 벌었던 때라 자신감에 가득 찬 나는 대학
원에서 만난 분들과 함께 교육 사업을 시작했다.

사무실을 알아보고 인테리어, 소품을 모두 직
접 구매하고 홈페이지, 교육 커리큘럼, 교육생
모집, 주말마다 오픈 강의까지 대부분의 일을
거의 도맡아서 나를 갈아 넣었다.

하지만, 교육업으로 돈을 벌기란 정말 쉽지 않
았고 저녁엔 투잡으로 강의를 뛰러 다녔다. 우
리가 하는 아카데미 수업은 고정비를 지출하
고 나면 수입이 '0'이었고 지출이 마이너스를
찍기 시작하니 좋은 의미로 함께한 동업자들
과도 관계에 금이 가기 시작했다.

그렇게 투잡을 뛰며 지속하다가 심적으로나
경제적으로나 큰 손실을 보며 우리의 사무실
은 문을 닫았다.

모두가 말리는 사업이었고 심지어 동업이었지만, 난 자신이 있었다. 그 자신 있던 내가 이렇게까지 무너질 줄이야. 경험 부족과 오만함으로 점철되었던 시절이었다.

그렇게 사업을 접고 내가 제일 잘할 수 있고 안정적인 직업인 사내 강사로 돌아갔다. 1년 정도 일했을까? 막연하게 입버릇처럼 '서른이 되면 파리에서 한 달 살기를 할 거야' 라고 했던 꿈을 이루기 위해 퇴사를 하고 집에 있는 제일 큰 캐리어를 끌고 무작정 파리행 비행기를 탔다.

마음과 정신적 상처를 치유하지 않고 경제적 상황에 떠밀려 일을 하는 동안 상처들은 깊어졌다. 나에겐 나 자신을 챙겨주고 상처를 치료해 줄 의무가 있었지만 외면하고 방치했다.
난 분명 위로받을 권리가 있는데.

직장 생활 1년 했다고 나의 주머니 사정은 달라지지 않으나 지금 아니면 안 될 것 같았다. 하지만, 애초에 주머니 사정을 생각하는 사람이었다면 지금까지 여행을 다니며 행복을 추

구하는 사람은 되지 못했을 거다.

난 그렇게 파리에 계획 없이 머무르며 내 마음
을 치유해 주었고 조금씩 나다운 나를 찾아가
기 시작했다. 나도 몰랐던 내 모습을 마주하고
실망하기도, 놀라기도, 벅차기도 했던 그 시간
은 절대 돈 주고도 살 수 없었다.

여행 중에 새로운 사람들을 만나며 그들의 인
생 이야기를 듣고 내 인생 이야기를 나누며 웃
고 울고 공감하는 시간을 가졌다. 매일 아침 일
상과 다른 환경에서 타인의 인생을 바라보고,
평상시와 다른 것들을 먹고 마시고 느끼면서
나다운 게 뭔지 생각했다.

바로 이런 게 나다운 거였다.
남들이 인정하는 내 모습보다 내가 인정하는
내 모습을 만들어 가고, 사회에서 요구하는 속
도의 내 모습보다 내 속도대로 나아가고, 하고
싶고 해보고 싶은 것은 생각만 하는 게 아니라
일단 행동으로 옮겨보는 것.
그렇게 시도해 보고 넘어지고 상처 나더라도

그 상처가 의미 있는 상처였다고 느낄 수 있으면 그만이니까. 라고, 생각하는 사람.

치열하게 부딪쳐보고 내가 할 수 있는 것과 할 수 없는 것, 버텨낼 수 있는 것, 극복할 수 없는 것, 그럼에도 해낼 수 있는 것들이 무엇인지 판단할 수 있다는 건 내가 진짜 누구인지 알아가는 아주 가치 있는 시간일 테니까.

내가 가장 나다워질 때는 매번 파리에서였다.

죽음 ──────────────

내가 파리를 더 사랑하게 된 이유 중 하나는 프랑스 사람들이 가지는 삶을 대하는 태도와 가치들 때문이다.

그중 죽음을 대하는 태도는 나에게 삶에 대한 새로운 관점을 갖게 해 준 계기가 되었다. 나는 살면서 죽음에 대해 크게 생각해 본 적이 없었다. 아직 젊은데 벌써 죽음을 생각할 이유가 있나? 싫었던 것 같다.

그런데 프랑스에서는 어렸을 때부터 죽음을

주제로 한 토론을 자주 하고 학교를 진학할 때
에세이 주제로 자주 등장하곤 한다는 것이다.
'아, 그래서 프랑스에는 사상가 혹은 철학가들
이 많은 거구나' 했다.

그렇게 나도 죽음에 관한 생각을 깊게 해보는
시간을 가졌다. 사실, 거창한 결론 같은 건 없
다. 다만, 무겁게만 느껴졌던 '죽음'이라는 단
어는 오히려 삶은 유한하므로 그 유한한 삶 속
에서 내가 얼마나 가치 있게 이 인생을 잘 살
것인가. 라는 또 하나의 과제를 던졌다.

그렇게 난 나에게 주어진 이 유한한 삶을 '어떻
게 살 것인가'에 대한 의미 있는 고민의 시간을
시작했다.

어떻게 살 것인가? ─────

파리에 가면 내가 어떤 모습으로 살고 싶은지
가 명확해진다. 바쁘고 치열하게 돌아가는 일
상에서 벗어나 천천히 나라는 사람을 되돌아
본다.

분명 나는 화려하고 성공한 삶을 꿈꿨던 사람
이었는데 사실은 소소하고 여유로운, 차분한
삶을 살아가고 싶은 사람임을 알게 된다.

어떤 것을 마주했을 때 더 나답고 더 행복한지
를 천천히 알아갔다.

타인의 인정이 제일 중요하다고 느꼈던 시절이 있었다. 그래서 내가 원하는 내 모습보다는 타인이 인정해 줄 수 있는 모습을 만들어가려고 노력하며 나 자신을 갉아 먹었던 시간이 생각보다 나를 많이 피폐해지게 했다. 시간이 지나면서 타인이 아무리 나를 인정해 주어도 속이 텅 빈 공허함은 무엇으로도 채울 수 없었다.

그런 시점에 파리를 여행하면서 느낀 프랑스 사람들의 사회적 분위기와 가치, 문화들이 내 인생에 전환점이 되었고 어떻게 살아갈 것인가를 생각하게 해주었다.

타인이 아닌 내가 옳다고 생각하는 방식으로 남에게 피해를 주지 않는 선에서 무엇이든 자유롭게 행하며 사는 삶.
사회적으로 주어진 기준이 아닌 내 삶의 기준으로 살아가는 삶.
넓고 화려한 집보다는 따뜻하고 나에게 필요한 것들이 정리되어 있는 집.
타인에게 인정받는 직업보다는 내가 마음 편하게 잘 해낼 수 있는 직업.

누구에게나 좋은 사람보다는 내 사람들에게
좋은 사람.
비싸고 좋은 차보다는 내가 가고자 하는 목적
지까지 안전하게 도착할 수 있는 차.
주변 환경과 나이가 차서 하는 결혼보다는 가
치관이 비슷한, 남은 인생 동반자로 함께 살아
가고 싶은 사람 생겼을 때 하는 결혼.

힘들거나 지쳐서 위로받고 응원받고 싶을 때
가장 먼저 찾는 사람이 나 자신인 그런 삶을 사
는 것.

진짜 소중한 게 무엇인지 알아차릴 수 있는
지혜를 가진 사람으로 나이 들어가는 것.

뉴욕, Newyork

어떤 모습이어도 상관없다는 위로

헬로우, 뉴욕 ─────────

나에게 뉴욕은 꿈이 있고 진취적인 성격의 주인공들을 배경으로 하는 미국 영화에서나 볼 수 있는 화려한 도시였다.

큰 건물, 다양한 인종, 화려한 불빛, 바쁜 사람들, 세계적인 기업들이 있는, 하지만 도심 속 여유로움도 함께 공존하는 그런 신기한 도시의 이미지 말이다.

뉴욕에 가면 <악마는 프라다를 입는다>의 주인공처럼 아침이면 뾰족한 하이힐과 명품 가방을 든 여성들과 깔끔하고 핏 좋은 정장을 입고 각진 서류 가방을 든 남성들이 택시를 잡으려고 손을 흔드는 모습을 상상했다. 실제로는 뉴욕 사람들이 출근하는 시간에 일어나지 못해 아침에 바쁜 뉴욕 직장인들의 모습은 보지 못했지만, 멋쟁이들로 가득한 도시임에는 분명했다.

나의 첫 뉴욕은 겨울이었는데 그래서였는지 차가운 도시 느낌이 가득했었다. 하지만 두 번째 뉴욕에서는 따사로움과 평온함, 여유가 가득했던 도시였다. 이렇게 두 가지 얼굴을 가지고 있을 수 있나? 싶어서 진짜 얼굴을 보러 또 와야지! 하고 여행의 빌미를 만들어 냈던 기억이 난다.

내가 뉴욕, 여기에서 여유를 즐기고 있다는 사실은 '내가 조금 더 열심히 살아야지' 하는 꿈 같은 걸 심어주었다.

욕심 많고 성공하고 싶었던 20대의 나에게 뉴욕은 분명한 자극제가 되었던 것 같다.

뉴욕이라는 자극제는 내가 무엇을 도전하는 데 있어서 두려움을 갖지 않게 도와주었고 그렇게 도전과 실패가 가득한 20대를 살아냈다.

많은 것들을 도전하고 시도하고 실패하기도 했지만, 뉴욕은 나에게 이렇게 말해주는 것 같았다. '괜찮아, 또 해보면 되지! 여긴 그런 사람들로 가득한 걸' 내가 어떤 모습을 하고 있어도 응원과 위로를 건넬 것만 같은 그런 도시.

헬로우, 뉴욕!

타임스퀘어 ─────────

타임스퀘어의 그 거대하고 압도적인 화려함에 눈을 뗄 수 없었다. 전광판에서 나오는 휘황찬란한 불빛과 이미지들이 마치 나를 다른 차원의 세계로 빨려 들어가게 하는 것 같았달까?

나에게 성공이라는 단어는 이런 화려함과 비슷한 이미지였다. 그래서 뉴욕의 화려함이 꿈같이 느껴졌었다.

그렇게 처음 타임스퀘어에 도착해 빛나는 전광판들과 사람들로 가득한 거리에서 한동안 멍하게 서 있었다. '아, 뉴욕이다' 하고.
거리를 걸으며 구경도 하고 쇼핑도 하고 숙소
로 돌아와 기절하듯 잠들었다.

다음날 브런치를 먹고 그 여운이 가시기 전에
또 가야지 싶어 소화도 시킬 겸 타임스퀘어로
걸어갔다. 낮에 방문한 타임스퀘어는 전날 밤
봤던 화려함과는 180도 다른 모습을 하고 있
었다. 한적하고 평화로운 느낌이랄까?
발 디딜 틈 없이 북적이던 곳이 이렇게 평화로
울 수 있다니. 어제는 앉지 못했던 벤치에 앉아
주변을 둘러본다.

그리고 생각한다.
'언제나 화려할 수는 없구나. 장소도 사람도 항
상 화려하기만 하다면 피곤해서 살 수 없겠지?
성공도 마찬가지겠구나. 언제나 성공 가도를
달릴 수만은 없지 않을까? 올라갈 때가 있으면
내려올 때가 있고 화려할 때가 있으면 잔잔할
때가 있어야 수평이 조금 맞춰지지 않을까' 하
고.

그래서였을까?

도전했던 사업이 실패했을 때 가장 먼저 떠올랐던 곳은 뉴욕이었다.

센트럴파크 ──────────────

센트럴파크 입구 근처에서 자전거를 빌렸다. 생각보다 비쌌지만, 공원에서 자전거를 타는 자유로운 여행객이어야 했기에 덤탱이 쓴 것도 모르고 즐겁게 자전거를 빌려 공원에서 신나게 페달을 굴렸다.

같이 간 친구와 출발한 곳에서 다시 만나자고 말한 후 산책 나온 강아지들과 러닝을 하는 뉴욕인들에 섞여 바람을 가르며 신나게 즐긴 지 30분쯤 됐을까? 왜 출발점이 안 나오지? 30분 동안 쉬지 않고 페달을 굴렸는데 이상했다.

이상함을 감지하고 구글맵을 열어보니 '아직 1/3도 안 돌았잖아?' 센트럴파크는 생각보다 많이 넓었다. 내가 서울에서 산책하러 나갔던 그런 동네 공원이 아니었다.

이미 지칠 대로 지친 나는 친구에게 전화를 걸어 만날 위치를 정하고 기다리는데 한참이 지나도 친구는 오지 않았다. 친구도 길을 잃은 것이다. 쉴 새 없이 페달을 굴린 탓에 몸도 피곤하고 친구는 올 기미도 안 보이고 살짝 짜증이 밀려오기 시작할 때쯤 누군가 공원에서 비눗방울을 날린다. 그냥 하는 건지 돈 주고 체험하는 건지 모르겠지만 자전거에 기대어 햇빛에 비쳐 반짝이는 비눗방울들을 바라보는데 '아, 여기 센트럴파크지. 아, 나 뉴욕이지' 싶어 살짝 올라오던 짜증이 쏙 들어갔다.

생각해 보면 여유를 즐기려고 온 여행인데 마치 센트럴파크에서 자전거 타기가 목표였던 사람처럼 앞만 보고 자전거를 탔다.

생각하지 못했던 상황을 맞이하고 이 여유롭

고 햇살 좋은 5월 뉴욕의 센트럴파크를 제대로 누리지 못한 채 짜증이 앞섰던 나 자신이 불쌍했다. 사람들의 표정만 봐도 평온함과 행복과 즐거움이 가득했는데 말이다.

여행에서도 일상에서도 앞만 보고 달리는 내 모습을 벗어나지 못하는 걸 보니 인생도 여행도 많은 연습이 필요하구나. 싶어 조금 더 천천히 주변과 나 자신을 돌아보며 살아가도록 노력해야겠다고 생각했다.

사람은 죽을 때까지 깨닫고 노력하는 존재가 아닐까? 싶어 안 그래도 피곤했던 몸이 더 피곤해져서 얼른 숙소로 돌아와 낮잠을 청했다.

UN본부 ———————————————

꿈은 클수록 좋다고 했던가?

요즘은 개천에서 용 난다는 말을 쓰지 않는다
는 이야기를 들었는데 우리 때는 개천에서 용
많이 났었다. 나도 그 용이 되고 싶었던 적이
있었는데 학창 시절에 여러 가지 꿈을 가졌었
고 외국에서 일하고 생활하는 내 모습도 꿈꾸었
던 적이 있었다.

학창시절, UN이라는 국제기구를 책을 통해 알
게 되었다. 전 세계 평화 유지를 목표로 전쟁
방지, 정치, 경제, 사회, 문화 등 다양한 분야에

서 국제 협력을 증진하는 역할을 하는 국제기구인데, 여기에 정말 자랑스럽게도 제8대 UN 사무총장이 한국인이었다. 반기문 유엔 사무총장. 심지어 내가 태어난 충주 바로 옆 동네인 음성에서 태어나셨다고 한다. 이런 국제기구에서 사무총장이 된다는 건 능력뿐 아니라 인성 또한 겸비해야 한다고 하니 정말 자랑스럽지 않을 수 없었다.

결국 나는 외국으로 진출하는 꿈을 이루진 못했지만, 뉴욕 맨해튼에 UN 본부가 있고 내부 투어를 할 수 있다는 것을 알고 바로 투어를 예약했다.

UN에서 근무하는 한국인 직원분이 투어를 진행해 주었고 각 회의 장소를 돌면서 UN 기구에 대한 이력과 구성, 하는 일에 대해 들을 수 있었다. 그날은 운이 좋게도 UN 총회장도 둘러볼 수 있었는데 그 거대한 공간이 주는 울림을 잊을 수 없다. 세상에는 다양한 직업이 있고 높은 사명감이 있는 사람들이 존재한다. 그들이 가지는 직업의 무게는 내가 감히 상상할 수 없을 정도겠지? 싶어 그곳에 머무는 2시간 동안 마주친 UN 직원들을 빛나는 눈으로 바라본 기억이 난다.

그렇게 약 2시간 정도의 투어를 통해 마음이 웅장해진 나를 볼 수 있었다. 이 웅장하고 설렘으로 가득 찬 마음을 가지고 가장 처음 달려간 곳은 다름 아닌 펍이었다.

맥주를 한잔 시원하게 마시고 나서 생각했다. '아, 그들이 저기에 있고 내가 여기에 있는 이유는 이런 차이일까? 나는 용은 못되겠구나. 근데 꼭 용이 되어야만 할까? 그래, 나는 내가 잘할 수 있는 것을 하며 살면 되지' 하며 단순해진 나를 보니 좀 귀여워서 웃음이 났다.

어쩔 땐 너무 거대한 것을 보면 내 것이 아닌 것을 한 번에 알아차리기도 한다. 내가 감당할 수 없는 큰 꿈은 그저 꿈으로 남겨두어야지 생각했다.

엠파이어 스테이트 빌딩 ────

뉴욕에 도착한 첫날, 저녁을 먹고 엠파이어 스
테이트 빌딩으로 야경을 보러 갔다. 나에게 뉴
욕은 화려함의 최대치를 가지고 있던 도시라
야경은 뉴욕에서 가장 기대되는 것 중 하나였다.

그렇게 엠파이어스테이트빌딩 꼭대기로 올라
가 뉴욕 시내를 내려다보는 순간, 탄성이 절로
나왔다. '아, 여기가 뉴욕이구나…' 파리에서
느꼈던 감정과는 전혀 다른 감정이었다.

그냥 감사했다. 이런 경험을 할 수 있는 삶을

살 수 있어서. 그리고 내가 여기에 있다는 사실
자체가.

끝이 보이지 않는 건물들과 화려한 불빛들, 주
변에서 들려오는 셔터 소리와 감탄의 소리.
야경을 보며 무작정 기도를 했다. 이 감정과 내
가 지금 누리는 이 자유를 뺏지 말아 달라고.
어쩌면 사치스러울 수 있는 이 감정이 너무 좋
아 어디론가 도망갈 것 같은 불안함이 가득했
던 것 같다.

다행히 내 기도가 먹혔는지 아직 그때의 벅찬
감정을 잊지 않았고 내 자유는 도망가지 않았
다. 난 여전히 감사한 삶을 살고 있는 운이 좋
은 사람이다.

바(Bar)

술을 워낙 좋아하는 탓에 여행을 가면 술이 빠지지 않는다. 종류에 상관없이 모든 술을 좋아했던 터라 밤이 되면 호텔 근처에 있는 바(bar)를 찾아갔다.

한국에서의 메뉴판에서는 볼 수 없던 칵테일들이 즐비해 있었고 호기심 가득 찬 눈빛으로 메뉴판을 정독하기 시작했다. 오, 마티니 종류가 이렇게 많아? 종류별로 시켜서 마셔볼까? 한 잔이 두 잔이 되고 두 잔이 세 잔이 되면서 이게 무슨 술인지도 모른 채 내가 뉴욕에서 그

것도 미국인들 가득한 바에서 칵테일을 즐기는 이 자체에 심취해 만취를 해버렸다.

여행지에서는 만취가 될 정도로 술을 마시는 편은 아니었지만, 이번 뉴욕은 절친과 함께였기 때문에 마음 놓고 그 순간을 즐겼다. (물론, 다음날 후회하곤 했지만) 뉴욕에서 밤마다 술을 마시며 알게 된 건 막상 미국인들은 술을 빨리 그리고 많이 마시지 않는다는 사실이었다. 내가 세 잔째 마시는 순간에도 대부분의 사람은 첫 잔의 반 정도를 마시고 있었고 그렇게 여행 내내 사람들을 관찰한 결과 내가 바에서 칵테일을 제일 많이, 빨리 마시는 사람이었다.

알고 보니, 정말 우리나라만큼 술을 빨리, 많이 마시는 나라는 거의 없다고 하는데 맞는 말 같았다. 나는 술을 좋아하지만 이걸 잘 음미하고 즐기는 방법을 아는 사람이 아니었고 아마도 술을 잘못 배운 이유도 한몫했을 거다.

그 이후로 여행을 다니며 그 나라의 술 문화와 사람들이 그 시간을 즐기는 것들을 관찰하면서 많은 것들을 배웠다. 나도 습관적으로 많이, 빨리 먹던 술을 조금씩 내 속도대로 음미하고 즐기려는 노력을 기울여 변해갔다.

경험하지 않고 보지 않았으면 변하지 않았을 많은 것 중 하나가 바로 맛있는 술을 나만의 속도로 즐기는 방법이다.

울프강 스테이크 하우스 ────

뉴욕 거리를 걷다가 저녁을 먹기 위해 조금 비싸 보이지만 분위기가 좋아 보이는 곳에 들어갔다. 예약했냐는 질문에 너무 당당히 하지 않았다고 했는데 나중에 알고 보니 주말 저녁이었고 예약하지 않으면 가기 힘들었던 유명한 레스토랑이었다.

운이 좋게도 한 자리가 남아있어 자리에 앉을 수 있었고 맛있는 저녁을 즐길 수 있었다.
미국은 테이블마다 담당 서버가 따로 있다는 건 알고 있었는데 그래서 그런가 담당 서버가 너무 친절했다. 우리나라보다도 더 친절하다고 느꼈고 비싼 레스토랑이라 그런가 보다 했다.

식사하는 동안 맛은 어떤지, 스테이크 굽기는 괜찮은지, 와인은 더 마실 건지, 후식은 커피로 줄지 등 약간은 과하다 싶은 관심이었다.

그런데, 이 관심은 테이블 매출을 높이기 위함과 팁을 받기 위함이라는 사실을 나중에서야 알게 되었다. 테이블에 와서 물어볼 때마다 이게 돈이 추가된다는 사실을 망각한 채 얼마인지도 모르면서 다 오케이를 외쳤다. 계산서를 받아 들고 보니 생각했던 금액보다 2배 이상이 더 나왔고 거기에 팁까지 더해주어야 했다.

과도한 친절은 의심부터 해봐야 한다고 했던가. 이미 내 입과 뱃속으로 기분 좋게 들어간 음식들을 뱉어낼 수도 없고 생각을 바꿔 먹기로 했다.

따지고 보면 주말 저녁 예약도 하지 않고 운 좋게 들어와 맛있는 음식을 먹고 친절한 서비스에 그 순간을 완전히 기분 좋게 즐겼으니, 그에 대한 값을 치러야 하는 게 당연한 거라고.

생각을 바꿔 먹고 팁도 나름대로 거하게 20%에 체크하고 카드를 내밀었는데 생각과 몸이 따로 노는지 손이 살짝 떨리는 느낌이었다.

맛있고 배부르게 먹고 나와서 가장 먼저 든 생각! '뭐가 됐든 과하다고 느껴질 땐 의심(?)을 해 보자'

뮤지컬 ———————————

한국에서 한 번도 보지 않았던 뮤지컬을 뉴욕
에 와서 보다니! 뉴욕까지 왔으니 유명한 뮤지
컬 한 편은 보고 가야 하지 않겠어? 하는 마음
으로 <시카고>라는 뮤지컬을 예매했다.

공연 시간에 맞춰 극장에 도착하니 생각보다
작고 아담한 극장에 사람들이 북적북적했다.
한국에서는 뮤지컬 자체가 조금 비싸다고 느
껴졌었기 때문에 굳이 찾아가서 보지 않았던
것 같은데 뮤지컬의 본고장인 미국이니까 그
만한 가치가 있을 거라고 생각했다.

좌석에 앉아 무대를 바라보는데 앞줄이었고 공연장이 작아 배우들을 가까이서 볼 수 있겠다는 설렘이 가득했다. 공연이 진행되는 약 2시간 동안 나는 공연에 집중하지 못한 채 공연이 끝났다.

일단, 언어적인 한계가 있었기 때문에 배우들의 대사가 들리지 않았고 가깝다고 좋아했는데 오히려 너무 가까워서 배우들의 연기와 춤이 한눈에 들어오지 않고 피로감만 더해줬을 뿐이었다.

나의 첫 뮤지컬이 이렇게 끝나다니.
공연이 끝나고 조금은 우울한 기분으로 공연장을 나와 술이나 마시러 가야지 하고 펍으로 향했다. 시원한 생맥주를 한잔하니 우울했던 기분이 한결 나아졌다.

그리곤 생각했다. 내 기대가 컸기에 실망감이 컸던 거 아닐까? 어쩌면 모든 게 당연한 거였다. 영어를 잘하지 못했기 때문에 대사를 잘 알아들을 수 없었던 건 당연했고, 영화관에서도

너무 앞자리에 앉으면 시야가 좁아지듯 공연
장이라고 달라질 리 없었다. 거기에 여긴 뉴욕
이었고 너무 유명한 뮤지컬이었기에 기대치는
하늘을 찔렀었으니까.

그 기대를 넘어서기란 여간 어려운 게 아니었
을 거다. 한 발짝만 떨어져서 보면 알아차릴 수
있는 것들이었는데 들뜬 마음 때문에 이 모든
게 시야에서 가려졌다.

마음대로 잔뜩 기대했다가 실망하며 슬퍼하는
건 나이가 들고 경험이 늘어가면서 조금씩 나
아지겠지.

쉑쉑버거

쉑쉑버거가 아직 한국에 들어오기 전이었다. 한국에서도 유명세를 탓지만, 한국에 들어오진 않았으니 뉴욕에 가면 꼭 먹어야 할 리스트에 있었다.

센트럴파크로 산책하러 가기 전에 쉑쉑버거에 들어가 길게 늘어서 있는 줄 맨 뒤에 설레는 마음으로 섰다. 기다리면서 어떤 메뉴를 먹을지 고르고 입맛을 다시며 주문했다.

메뉴를 받아 들고 자리에 앉아 일단, 인증사진

을 찍는다.

'음, 겉으로는 별다른 거 없어 보이는데?'

버거를 집어 들고 한입 크게 베어 물어 열심히 맛을 음미한다.

'음, 햄버거 맛이네? 야채가 좀 싱싱한가?'

배부르게 먹고 나와서 이 햄버거가 이렇게까지 유명해진 이유가 뭐지? 마케팅을 잘했나? 하며 산책을 위해 센트럴파크로 향했다.

한참 뒤에 한국에도 쉑쉑버거가 들어왔고 2시간 넘게 줄을 서서 먹는다는 기사를 봤다. 그리고 한동안 쉑쉑버거의 열기는 식을 줄 몰랐다.

인기가 많은 것들을 무조건 쫓을 필요가 없다는 나만의 기준이 생긴 건 아마 이런 사소한 것에서부터 시작되었던 것 같다.

결국 나만의 스타일이 존재하기 마련이니까.

자유 ———————————————————

그토록 자유롭고 싶었던 나는 '왜 이렇게 자유
로워지고 싶을까? 무엇이 내가 자유롭지 않다
고 느꼈을까?' 생각하며 나를 돌이켜 봤다.

그다지 자유롭지 못했던 어린 시절 때문이었
던 것 같은데 남아선호사상과 가부장적인 분
위기의 집안에서 자라다 보니 여자가 하면 안
되는 것들과 남자가 하면 안 되는 것들이 명확
했었다.

내가 무언가를 배우고 싶거나 해보고 싶은 것

들이 있으면 '여자애가 무슨~' 이라는 말이 돌아왔고 1살 터울의 오빠는 주방에 들어오면 안 되는, 설거지라도 하라고 말하면 '남자가 어디 주방에~'라는 소리를 들어야 했다.

여자는 도전적이거나 진취적인 성향을 보이면 안 되었고 남자는 남자다워야 하는 그런 아주 가부장적이고 보수적인 말들을 많이 듣고 자라왔다. 그러다 보니 어렸을 때는 정말 그래야 하는 줄로만 알았다.

하지만 가지고 태어난 기질은 어디 가지 않는 게 확실하다고 느낀 것은 중학생이 되고 고등학생이 되면서 다양한 책을 읽고 SNS(우리 때는 싸이월드였다)를 통해 세상은 상상 이상으로 넓고 멋진 사람들로 가득 차 있다는 것을 알게 된 후부터다. 그렇게 나는 답답한 속박을 벗어던지고 도전적이고 자유로운 멋진 인간이 되고 싶어서 안달이었다.

'자유' 하면 뉴욕이 떠올려졌던 건 아마 내 생각의 폭이 거기까지여서였을 것이다. 내가 보고 읽었던 것 중 자유와 가장 잘 어울렸던 것이 뉴욕이라는 도시였으니까.

실제로 내가 여행하면서 느꼈던 뉴욕은 정말 자유의 도시가 맞았다. 다양한 인종들, 생각보다 더 각자의 개성을 살린 패션과 말투, 행동들로 가득한 분위기였으니까.

그렇게 자유로운 도시를 경험하니 세상은 이렇게나 넓고 다양한 사람들로 가득 차 있구나. 내가 어떤 모습으로 어떻게 살아가던 그게 틀린 게 아니구나. 싶어서 뉴욕에서 많은 위로를 받았다.

부모님이 정해준, 학교에서 정해준, 직장에서 정해준, 사회에서 정해준 기준들에 미치지 못하고 그 기준들이 싫다고 느껴졌을 때마다 나는 왜 이럴까. 왜 이렇게 남들보다 부족할까 하며 자책했던 시간이 있었다. 그럴 때마다 자신을 낮추며 나는 부족하고 한심한 인간인 것 같아 참 많이 힘들었었다.

하지만 여행을 통해 그런 기준은 절대적인 게 될 수 없고 오히려 나라는 인간의 고유함이 얼마나 가치 있는지를 느끼게 해주었다.

자유는 이렇게 사람을 넓은 시각과 자신만의 가치를 가지게 한다. 그래서 나는 죽을 때까지 자유로운 인간으로 살아가야지 하고 또 한 번 다짐해 본다.

런던, London

평온하고 느긋하게 살아도 된다는 자유

굿모닝, 런던 —————

어렸을 적, 로망의 도시는 딱 세 곳이었다.

파리, 뉴욕 그리고 런던.

아마도 학창 시절 집 근처 서점에 가면 여행책
판매대에서 이 도시들의 책들을 가장 많이 접
했던 이유일 것이다. 또 작은 도시의 작은 동네
서점이라 여러 나라의 서적이 갖춰져 있지 않
았기에 나에게 선택의 폭이 그리 넓지 않았으
리라. 그렇게 집어 든 책에는 그 당시 감히 상
상도 못 했었던 세상의 모습들이 그려져 있었

고 죽기 전에 꼭 가보리라 다짐하며 꽤 자주 상상으로 여행을 했었다.

런던은 내가 가보고 싶었던 세 도시 중 꼴찌였는데 읽었던 책 저자가 표현한 런던이라는 도시가 감성적이지 않아서였던 것 같다. 날씨가 항상 우중충하며 365일 중 비가 안 내리는 날이 손에 꼽을 정도라며 런던이 어둡고 침울한 도시라고 했다. 나는 이게 정말일까 궁금했었다. 그리고 무엇보다 빨간 2층 버스와 런던아이가 매우 궁금했다.

런던을 여행하며 내 상상 속의 런던은 와장창 무너져 내렸다. 맑고 청명한 하늘, 푸르르고 울창한 공원, 템스강 앞 말도 안 되는 크기의 런던아이, 자유로운 영국인들까지.

숙소에서 소호 거리를 매일 걸었고 가는 길에 무료입장할 수 있는 대영박물관도 매일 출입하며 런던을 알아갔다.

경험보다 강력한 것은 없다는 것을 다시 한번

느꼈던 나날들. 그 평온하고 자유로웠던 공원들에서 즐기던 꿈 같던 낮잠 타임과 책 읽고 칵테일 마시며 진정한 런던을 느낄 수 있었던 소중한 시간이었다.

나에게 좋은 경험을 하게 해주어서 정말 고마워 런던, 다음에도 가벼운 마음으로 또 들러서 인사할게.

굿모닝, 런던!

런던아이 ————————————————

런던에서 가장 보고 싶었던 건 런던아이였다.
하지만, 너무 소중하면 오히려 꺼내보지 않고
아껴두듯 런던에 도착한 날엔 런던아이로 달
려가지 않았다.

다음날 마음의 준비를 하고 런던아이를 보러
갔을 때의 감정을 기억한다. 예상했던 것보다
훨씬 크고 빛났다. 이게 왜 이렇게 보고 싶었는
지 모르지만, 런던아이를 보니 이제야 내가 런
던에 있는 게 실감이 났다.

처음에는 너무 늦은 밤에 가서 런던아이를 타
지 못했고 그 다음엔 비가 와서 타지 않았고
그 다음엔 반대편 벤치에 앉아 조금 멀리서 런
던아이를 바라보는 게 더 좋았다. (그래도 일주
일 동안 한 번도 안 타본 건 좀 아쉽다.)
런던에서 머무는 마지막 날 저녁에도 런던아
이로 달려갔다.

언제 다시 올지 모르겠는 런던인데 마지막으
로 꼭 이 아이를 보고 가고 싶었다. 그날도 런
던아이의 반대편 벤치에 앉아 멀리서 빨간 불
빛을 바라보았다. 한참을 넋 놓고 바라보는데
뺨 위로 눈물이 흘렀다.

지금도 왜 눈물이 났는지는 모른다.
학창 시절 꿈속에서나 가보았던 로망의 도시
에서 그곳을 온전히 느끼고 있음에 벅찬 건 아
니었을까? 하고 생각해 볼 뿐이다.

미술관 ────────────────

계획 없이 머물렀던 런던 여행이었기에 날마
다 갈 수 있는 박물관이나 미술관을 찾아갔다.
어느 날은 음성 안내를 듣기도 하고 어느 날은
그냥 작품들을 내 느낌대로 감상하기도 했다.

유럽 여행을 하다 보면 미술관에 견학 오는 아
이들을 자주 볼 수 있는데 그날도 학교에서 견
학을 왔는지 미술관에 아이들이 여기저기 가
득했다. 다 같이 선생님의 설명을 들으며 돌아
다니는 것이 아니라 각자가 원하는 작품들 앞
에서 그림을 그린다.

'이런 작품들을 보며 그림을 그리다니? 너희는 시작부터 다르구나' 싶어 부러운 마음이 가득했다.

나에게 없는 능력을 가진 사람을 보면 넋 놓고 바라보게 되는 경향이 있다. 미술관에서 작품을 보다가 작품보다 그 앞에서 열정적으로 그림을 그리는 학생이 너무 예뻐 보여서 흐뭇한 미소가 지어졌다. 무언가에 집중하는 모습에서 나오는 에너지란.

학창 시절 부정적 에너지로 가득 찼었던 나는 도대체 뭐가 그렇게 불만이었을까? 즐겁고 예쁘게 열정적으로 살 수 있었을 텐데. 과거의 나를 돌아보면 참 아쉽다는 생각이 들었다.

성인이 되고 사회인이 된 후에는 1년 전의 나와 지금의 내가 같지 않았으면 하는 마음으로 살아간다. 미성숙한 내가 내 모습을 성찰하고 나를 알아가며 나 스스로가 인정할 수 있는 그런 삶을 위해서 말이다.

느리더라도 천천히 순간의 행복을 알아차리며 그렇게 살아가는 삶을 살겠다고 또 한 번 다짐했다.

소호거리 ————————————

딱히 할 게 없는 날엔 소호 거리로 나가 쇼핑을
했다. 숙소에서 30분만 걸어가면 되는 거리라
서 부담 없이 산책 겸 거리로 나갔다.

걸어가는 중에 만나는 아기자기한 가게들에
눈길이 끌려 들어가면 꼭 뭐라도 하나 사 들고
나왔다. 지금 생각해 보면 뭘 샀는지, 그때 산
게 어디 있는지조차 기억나지 않지만, 그때는
분명 그 소소한 쇼핑에 행복해하던 내 얼굴이
떠오른다.

집에 욕조도 없는데 러쉬 매장에 들러 입욕제를 한가득 샀다. 한국에 없는 입욕제라고 하면 그냥 바구니에 담아버리는 이 충동적이고도 대책 없는 소비 습관은 나라를 가리지 않았다.

그렇게 소호 거리는 내가 얼마나 광고에 취약하고 지갑이 잘 열리는 소비자인지 확인할 수 있었던 곳이었달까? 지갑이 자주 열리고 주머니는 가벼워졌어도 양손 가득 무겁게 숙소로 돌아오는 길이 얼마나 행복했었는지의 느낌은 여전히 기억난다.

그래, 그거면 된 것이다.

공원

뮤지엄을 갔다가 호텔로 걸어 들어가는 길이
었다. 구글맵으로 검색해 보니 1시간 30분을
걸어야 했지만 날씨도 좋았고 걷다가 힘들면
우버를 타야지 하는 생각으로 런던 골목들을
걷기 시작했다.

런던은 파리보다도 작은 규모의 공원들이 더
많았고 걷다가 공원들을 마주할 때면 '그래 바
로 이게 런던이지' 하는 생각에 나도 그곳에 좀
살았던 사람처럼 잔디에 드러누워 낮잠을 청
했다. (물론 소매치기에 대한 걱정으로 지갑과

핸드폰을 등으로 깔고 누워서)

이 날씨, 이 분위기, 이 느낌, 이 감정을 차곡차
곡 쌓아 두고 건조한 일상에서 조금씩 꺼내 써
야지 했다. 그리고 '계획 없는 여행의 묘미는
이런 거지'하고 생각했다.

목적 없이 흐느적흐느적 걷다가 맞닥뜨리는
것들에 행복감과 충만함을 느끼는 것.
그리고 그 순간들을 소중하게 간직하는 것.

프림로즈힐 ————————————

런던을 여행할 때 한인 민박과 호텔에서 머물렀는데 그때 민박에서 만난 동생과 둘 다 딱히 계획이 없던 날 프림로즈힐로 나들이하러 가기로 했다.

말 그대로 힐(언덕)에서 런던을 내려다볼 수 있는 곳이었는데 관광객뿐 아니라 런던 사람들도 나들이 겸 휴식을 취하는 곳이었다.

푸르른 잔디밭이 끝이 안 보이게 펼쳐져 있었고 바람은 잔잔했다. 버스를 타고 내려 그곳으로 올라가는 길 내내 조용하고 평온한 동네가 참 인상 깊었다.

여행을 오게 된 이유와 이런저런 이야기를 나누다 보니 배가 고팠고 근처 피자 가게에 들어가 식사하며 마저 수다를 떨었다. 그 친구는 그날이 런던의 마지막 날이었고 아마 한국으로 들어간다고 했던 것 같다.

그렇게 반나절의 시간을 그 친구와 함께 보내고 헤어진 후 혼자 소호 거리로 가서 쇼핑을 했다. 양손 가득 숙소로 돌아오는 길에 여행 중 처음으로 허전함 같은 게 느껴졌다.

혼자의 삶과 여행을 그다지 외로워하는 편은 아닌데 그날은 사람의 온기, 따뜻함을 느꼈나 보다. (아마 그 친구가 따스한 사람이어서 더 그렇게 느꼈을지 모른다.) 역시 사람은 혼자 살 수는 없다는 사실을 다시 한번 깨닫지만, 여전히 나는, 혼자가 익숙하다.

노팅힐

살면서 두 번 이상 본 영화가 거의 없는데 노팅힐은 세 번 넘게 본 영화다. 볼 때마다 같은 장면에서 같은 감정을 느끼는데, 주인공들의 진짜 마음이 엇갈려 오해하게 된 바로 그 장면에서이다. 그 장면에서는 감정이입 100%가 되는데 여자 주인공이 아니라 남자 주인공에게 이입이 되어 볼 때마다 눈물이 줄줄 흘렀다.

그래서 런던을 오면 꼭 노팅힐 서점에 가봐야지 하고 생각했었다. 비가 오는 아침 구글맵에 노팅힐을 검색해 지하철을 타고 빗길을 걸으며 구글맵의 좌표대로 잘 따라갔다.

맵에서는 분명 도착이라고 나오는데 사람들이 거의 다니지 않는 어떤 골목에 덩그러니 놓여졌다. 분명 여기가 맞는데 도대체 영화 속에 나오던 그 거리와 서점은 어디 있는 거지? 이상해서 네이버에 검색해 보니 오마이갓! 무턱대고 노팅힐이 그 서점 한곳일 거로 생각한 내가 생각이 짧았다. 정확한 위치와 주소를 찍고 이동해야 했고 내가 도착한 곳에서 노팅힐 서점까지는 거리가 조금 있었다.

이미 그곳까지 가면서 소진했던 에너지를 채우기 위해 근처 브런치 먹을 곳을 찾아서 들어갔다. 비가 조금씩 개고 햇빛이 들기 시작해 테라스에 앉아 모닝 세트를 주문해 간단한 요깃거리와 함께 커피를 마셨다. 미국식에 조금 가까웠던 모닝 세트였고 커피가 생각보다 맛있었다.

배에 뭐가 좀 들어가니 정신이 들고 기분도 좋아져서 동네를 둘러볼 여유가 생겼다.

동네는 한적했고 나들이를 가시는지 빨간 모
자로 한껏 꾸미고 지나가시는 할머니와 친구
를 만나러 카페로 들어오는 수염이 덥수룩한
영국 남자, 책 읽으며 여유롭게 커피를 한잔하
는 동네 주민까지. 잘못 오지 않았으면 느끼지
못했을 동네의 모습이라고 생각하니 오히려
더 애틋해졌다.

천천히 시간을 보내다가 다시 지하철을 타고
1시간 정도 이동해 진짜 노팅힐 서점에 도착했
다. 거리에는 마켓이 열리고 있었고 서점에는
관광객들로 북적였다. 그 사람들 틈에 끼어 서
점을 둘러보며 영화 속 주인공들의 모습을 상
상하니 아쉬운 마음이 들어 읽지 못할 책도 한
권 샀다.

서점과 거리 모두 영화에서 나온 장면 그대로
였다. 나는 또 주인공인 휴 그랜트에게 빙의해
서 마켓이 열린 거리를 거닐었다. 그렇게 주인
공처럼 거리를 거닐다가 커피를 사 들고 근처
공원으로 향했다.

이날 나는 다시는 찾아가지 못할 동네에서 여유로운 시간을 갖고 멜로 영화 주인공 휴 그랜트도 되어보는 꿈 같았던 시간을 보낸 행운 넘치는 사람이었다.

조식

런던의 마지막 날 조식이었다.

런던은 처음이었고 어디를 가야 하는지 숙소
는 어느 쪽으로 예약해야 좋은지 어떠한 정보
도 없이 일단 예약 가능한 아무 곳이나 예약을
했다.

처음 마주한 런던은 현대적이었고 고전적이었
으며 사람들이 냉랭했지만, 적당히 친절했다.

마지막 이틀 동안 머물렀던 호텔에서는 자리
에 앉아 커피를 주문하면 항상 아주 뜨거운 커
피 주전자를 (그것도 가득 채워서) 가져다주었

고 진하지 않은 원두 덕에 홀짝홀짝 주전자에
가득 채워진 커피를 모두 마시고 나서야 자리
에서 일어섰다.

천천히 오래 먹어도 누구도 눈치 주지 않았고
자리가 없으면 자연스럽게 양해를 구하고 내
옆자리에 자리를 잡고 자기 식사를 하는 외국
인은 참 자연스럽고 여유로워 보였다.

여행을 하다 보면 수많은 상황들을 마주한다.
그럴 때마다 나는 세상에 이렇게나 다양한 문
화와 사람들이 존재하는구나. 싫어 죽을 때까
지 이 문화들과 사람들을 만나고 경험하며 살
아가고 싶다고 생각했다. 그렇게 나는 평생 여
유롭고 자유로운 영혼이고 싶다.

도도

더웠던 어느 날 산책하다가 더위에 지쳐 눈에 보이는 큰 카페에 들어가 아이스 아메리카노를 주문했다. 카페 직원들이 매우 냉랭했는데 영국인들의 특유한 시크함이라고 생각하고 커피를 기다렸다.

내 뒤에 서 있던 두 명의 남자들이 커피를 주문했고 직원은 180도 변한 표정으로 밝게 웃으며 손님들을 맞이했다. '어? 이게 동양인 차별인가?', '영국 하면 신사의 도시 아닌가' 싶어서 조금 어이가 없었다.

하지만 내 소중한 여행에서 이런 사소한 것으로 기분을 망치고 싶지 않았다. 커피를 건네는 직원에게 누구보다 환한 미소와 상냥한 말투로 "땡큐"를 외쳤다. 이런 과한 표정과 말투가 오히려 직원의 눈살을 찌푸리게 했지만 그건 내가 신경 쓸 게 아니었다.

카페를 나와 다른 곳으로 발길을 옮기며 우리나라도 그렇듯 이곳도 모든 이가 젠틀할 순 없겠지. 하고 생각했다. 런던에 있는 동안 친절했던 사람들이 그렇지 않았던 사람들보다 훨씬 더 많았으니까.

여행에서 만났던 냉랭했던 이들을 모두 도도했던 사람들이라고 생각하기로 했다. 이런 생각들은 아마 여행이라서 가능한 것일지 모른다. 그래서 나는 여행이 나에게 좋은 영향을 가져다준다고 확신한다. 평상시였다면 이렇게 생각하지 못했을 테니까.

대부분의 감정 소모는 한 발짝 떨어져 바라보면 단순해질 수 있다는 사실을 런던에서 또 한 번 배운다.

고마워, 런던!

Epilogue —————————

가끔은 인생이 숨 막히게 벅찰 때가 있다.
그럴 때면 가장 먼저 여행을 떠올린다. 최소한
의 짐만 챙겨 비행기에 몸을 싣는 순간 무언가
에 해방된 느낌을 받는다. 자주는 아니더라도
내가 숨 쉴 구멍이 있다는 것에 만족한다.

로망의 도시였던 곳들을 시작으로 자유롭게
여행을 다니면서 이 유한한 인생을 어떤 것들
로 채워갈지 어렴풋이 그려졌다. 나는 내 삶을
다채로운 색으로 칠하고 싶다. 단조로운 색이
아닌 다채로운 색으로 다양하고 아름다운 작
품의 인생으로 만들 수 있도록 노력하려고 한
다.

요즘은 가까운 나라들로 자주 떠나며 비슷한
문화권의 도시들을 경험한다. 비슷하지만 다
른 도시들에서 느끼는 안정감에 매료되는 중
이다.

그렇게 나는 내가 머무는 그 순간에 집중하기
로 한다. 나다운 나를 발견하며 나만의 즐거움
과 행복, 가치를 만들어 가기 위해 노력하면서
조금 더 성숙한 인간이 되기로 한다.

내가 지금, 여기
(moi en ce moment, ici)

초판 1쇄 발행 2025년 04월 28일

지은이 변지혜
글,사진 변지혜

발행처 인디펍
발행인 민승원
출판등록 2019년 01월 28일 제2019-8호

이메일 byeonjihye2821@gmail.com
인스타그램 _i_am_vivianne_

© 2025. 변지혜 all rights reserved.
ISBN 979-11-6756687-4 (03810)

이 책은 저작권법에 따라 보호받는 저작물이므로 무단 전제와 복제를 금지하며, 이 책 내용의 전부 또는 일부를 이용하려면 반드시 저작권자의 서면 동의를 받아야 합니다.

책값은 뒤표지에 있습니다.